# ÉLOGE

## HISTORIQUE

### DE M. MOUNIER,

CONSEILLER D'ÉTAT;

Par M. BERRIAT ( Saint-Prix ).

GRENOBLE,

Chez ALLIER, Imprimeur-Libraire;

ET PARIS,

Chez GOUJON, Libraire, rue du Bacq, n.º 34.

1806.

# ÉLOGE HISTORIQUE

## DE M. MOUNIER (1),

*Par M. BERRIAT (SAINT-PRIX).*

*Justum et tenacem propositi virum,*
*Non-civium ardor prava jubentium,*
   *Non vultus instantis tyranni,*
    *Mente quàtit solidà, neque Auster,*
*Dux inquieti turbidus Adriæ,*
*Nec fulminantis magna Jovis manus :*
   *Si fractus illabatur Orbis,*
    *Impavidum ferient ruinæ.*

Les torrens impétueux,
La mer qui gronde et s'élance,
La fureur et l'insolence
D'un peuple tumultueux,
Des fiers tyrans la vengeance,
N'ébranlent pas la constance
D'un cœur ferme et vertueux.

## MM.

TRACÉ depuis deux mille ans par un des
plus grands poëtes de l'antiquité, Horace,
et transporté en partie dans notre langue (2),
par le plus célèbre écrivain de nos jours,
Voltaire, à qui ce portrait put-il jamais mieux

A

s'appliquer qu'à l'homme illustre dont l'image est sous vos yeux (3), et dont nous avons à regretter la perte récente et prématurée ?

Il fut en effet, tout-à-la-fois, juste et ferme : la vertu était le principe de toutes ses actions, et la constance, l'inflexibilité même, le caractère de toute sa conduite. La richesse, le crédit, les honneurs, tout ce qui peut séduire l'homme, ne le firent jamais dévier des règles rigoureuses de la probité et de la sagesse ; pas plus que les menaces, la crainte, les dangers, tout ce qui peut ébranler, ne le déterminèrent à varier ou à fléchir dans sa marche et ses opinions.

Il semble, d'après cette idée de son caractère, que l'éloge de Mounier soit une tâche très-facile ; qu'il suffise, pour la remplir avec succès, de présenter avec simplicité l'histoire de sa vie, ainsi qu'on va s'efforcer de le faire (4) : quelques circonstances cependant rendent très-délicate la position de celui que l'Académie en a chargé. L'homme qu'il doit peindre eut, sur des objets fort importans, des opinions très-différentes de celles d'un grand nombre de personnes, et ces opinions ne s'accordèrent point avec les systêmes qu'on adopta en France. Enfin, sa conduite le mit

souvent en opposition avec des hommes distingués par leurs talens et leur rang, et dont
plusieurs vivent encore, et même occupent
des emplois honorables. Comment l'écrivain
s'acquittera-t-il de son rôle sans s'exposer à
heurter beaucoup d'esprits, à ramener sur lui
une partie du blâme que l'erreur, la prévention, le préjugé; ou trop de sévérité; ou
l'exagération et l'acrimonie inséparables des
grandes convulsions politiques, ont fait jeter
sur notre compatriote? La faiblesse de ses
moyens, pour parcourir la carrière prescrite,
ajoute encore à son embarras. Il espère néanmoins que son dévoûment à se charger d'un
soin auquel il ne devait pas être appelé (5),
lui méritera votre indulgence. Il espère qu'on
se rappelera qu'il n'est qu'historien et non
point juge, et il tâchera de ne pas mêler la
seconde de ces fonctions à la première: ou
s'il le fait, ce ne sera que lorsqu'il aura à
traiter de ces vertus domestiques, de ces
sentimens, de ces actions propres à l'homme
privé comme au fonctionnaire public; que l'on
peut louer par-tout, en tout tems et chez
tous les hommes, soit qu'on les rencontre
chez un partisan comme chez un ennemi
de la révolution, en France ou à l'étranger,

A 2

sous l'ancien comme sous le nouveau système
de Gouvernement : de ces vertus dont aucun
emploi, aucune affaire, aucun évènement,
aucune circonstance politique n'ont jamais
pu dispenser l'homme qui n'est pas indigne
de ce nom.

Persuadé que ce n'est point aux Français
du 18.ᵉ siècle qu'il appartient d'écrire l'histoire de la révolution, parce qu'il en est
bien peu qui aient le droit de prendre la
devise de Tacite(6), s'il est obligé pour peindre
Mounier, de rappeler quelques-uns des évènemens relatifs à ce drame terrible, il ne les
rapportera que d'après Mounier lui-même,
ou d'après des actes avoués de tout le monde ;
et s'il lui est nécessaire de donner une opinion
sur les hommes, les faits et les choses, ce
sera encore celle de Mounier qu'il retracera ;
il s'abstiendra rigoureusement d'énoncer la
sienne.

JEAN-JOSEPH MOUNIER naquit à Grenoble
le 12 novembre 1758 (7). Son éducation fut
celle de toutes les familles nombreuses et
peu opulentes (8); elle se réduisit à l'étude de

la langue latine pendant plusieurs années, d'abord sous un maître particulier (9), et ensuite au collège de son pays (10); il n'y obtint quelques succès (11) que lorsqu'il la terminait, car il n'annonça point dans sa jeunesse ce qu'il devait être un jour (12).

Après quelque incertitude sur l'état qu'il avait à embrasser, il préféra le barreau au commerce, profession que ses parens exercent encore aujourd'hui. Il n'eut point de maîtres pour l'étude du droit civil (13) non plus que pour celle du droit public où il se distingua si fort dans la suite, et c'est ici l'occasion de remarquer qu'il s'est fait lui-même ce qu'il a été, qu'il ne doit en un mot qu'à lui seul toute sa réputation. Il se borna à travailler sous la direction de deux avocats distingués. Doué de beaucoup d'application et de facilité, il put, jeune encore, se livrer à la pratique du barreau et exercer tout-à-la-fois la charge de Juge Royal de Grenoble (14).

Mounier s'acquitta de cette double tâche pendant six années. Ce furent les plus heureuses de sa vie. Il s'était marié dans cet intervalle, et il était devenu père. Il était chéri d'une famille nombreuse et de plusieurs amis choisis. Il se contentait de leur affection et de leur estime, car ses talens étaient presque ignorés au-delà de ce cercle peu étendu de personnes. Il remplissait sans doute avec intégrité et sagacité ses fonctions (15); mais, dans celles de juge, il était placé trop près d'une cour supérieure pour n'en être pas éclipsé; et dans celles d'avocat, s'étant réduit aux travaux du cabinet (16), il n'avait en général à traiter que des causes ingrates et arides (17).

Telle était la situation de Mounier lorsque la grande crise qui a agité si long-tems la France, qui a ébranlé l'Europe et s'est fait ressentir dans les autres parties du monde, éclata tout-à-coup. Elle changea sa destinée et la lia entièrement aux affaires publiques.

On sait que la révolution française commença dans notre province en 1788. Plusieurs édits enregistrés militairement le 10 mai (18), opéraient à-peu-près la destruction des Parlemens. Le ministère voulait écarter les obstacles que ces cours mettaient à la création de taxes par lesquelles il espérait combler le déficit qu'une dissipation sans frein et une mauvaise administration avaient causé dans les finances de l'Etat. Les Parlemens avaient

protesté contre ces édits et réclamé avec
force la réunion des États généraux. Après
une insurrection violente, une assemblée
nombreuse de notables de la ville de Grenoble
adhéra à ces arrêtés le 14 Juin. Elle y joignit
la demande du rétablissement des anciens
États du Dauphiné; et afin de donner plus de
poids à ses réclamations et à sa résistance,
elle invita les trois ordres de toute la province
à envoyer des députés à une asssemblée générale où l'on s'occuperait des mêmes objets.
L'assemblée célèbre tenue à Vizille le 21 juillet, fut la suite de cette convocation hardie.

Ces assemblées étaient défendues par le
Gouvernement. Mais toujours faible et irrésolu
dans ses plans et leur exécution, il ne les
empêchait point. D'ailleurs, pour ne pas lui
laisser le tems de se reconnaître, on les tenait
à la hâte, et l'on y délibérait ce qui avait
déjà été agité dans des réunions formées
chez des particuliers d'un rang élevé, et
composées de notables de toutes les classes.

La marche des premières de ces réunions
fut d'abord très-incertaine. Cela devait être.
En France et sur-tout dans notre province,
on n'avait presque aucune idée du droit
public et constitutionnel; on ignorait jusques

à la méthode à suivre pour opiner et voter
dans une assemblée nombreuse ; pour y main-
tenir l'ordre ; pour la former par les élec-
tions ; etc.

Tout-à-coup parut un homme presque
inconnu jusques là. Il étonna tous les esprits
par la profondeur de ses connaissances en
droit public ou politique ; par la sagacité et
la clarté de ses discussions ; par la force et
la solidité de ses raisonnemens ; il fit, en un
mot, luire un nouveau jour à tous les yeux.
On devine que nous parlons de Mounier.

IL venait à peine de terminer ses premières
études, lorsqu'il avait pris un goût décidé
pour le droit public, science regardée comme
inutile en France où tout dépendait, ou était
censé dépendre du Monarque. Il dut ce goût
à la lecture des journaux (19) de l'époque
où s'opérait la révolution Anglo-américaine.
Ces discours où l'on développait ce qu'on
nommait les droits de l'homme, répandus
chez nous avec la dernière imprudence, par
le Gouvernement français, protecteur non
moins imprudent de cette révolution ; et les
débats du parlement d'Angleterre où les ora-
teurs les plus distingués favorisaient les prin-

cipes des Américains , avaient inspiré à
Mounier une vive passion pour la liberté,
mais pour cette liberté sage, réglée par les
lois , la seule qu'un homme de bien puisse
honorer. Il lisait avec ardeur la partie politique
du Mercure, et il se livra dès-lors à l'étude
des ouvrages qui donnaient une idée du régime
des Etats libres , et à celle des publicistes
qui en consacraient les principes.

Il cherchait , par toutes sortes de moyens,
à se fortifier dans cette étude. Vers le tems
de la paix de Versailles, il commença à
apprendre la langue anglaise (20); il tâcha
ensuite de se lier avec tous les Anglais éclairés
que le goût des voyages ou le besoin de
rétablir leur santé attirait dans nos pays. Il
vit entr'autres beaucoup un jeune homme
d'une haute espérance , le neveu de l'illustre
et infortuné amiral Byng , et leurs lumières
leur furent réciproquement très-utiles. Il
médita enfin les principaux ouvrages (21) où
l'on traitait soit des lois, soit de la constitution
anglaises, tels que les commentaires de
Blackstone et le traité de Delolme; et ceux
où il était question de la révolution d'Amérique , tels que les recherches de Crévecœur
dont il fit une traduction complette (22).

A mesure qu'il approfondissait ces ouvrages, il prenait des notes sur ce qu'il y trouvait de plus instructif ou de plus remarquable; il en avait recueilli une quantité prodigieuse, sans espoir d'avoir jamais à en faire usage.

Après de tels travaux et avec de telles ressources, on ne doit point s'étonner si Mounier parut avec éclat dans les assemblées (23) dont nous avons parlé; il devint en peu de tems le mobile principal (24), l'ame de toutes les délibérations. Dans une réunion fort nombreuse où l'on prépara les arrêtés de Vizille, il fut convenu de le proposer pour secrétaire de cette assemblée célèbre, où parurent plus de 500 personnes, soit du clergé, soit de la noblesse, soit du tiers-état.

Je ne dirai rien de leurs délibérations ni de celles de plusieurs autres réunions moins considérables qui se formèrent dans la suite. Elles ont en général le même but que les précédentes, sur-tout quant au rétablissement des cours de justice, et à la convocation des États du Dauphiné et des États généraux de la France. La seconde de ces demandes fut accordée. Bien plus, le ministère fut assez

impolitique pour charger les Dauphinois eux-
mêmes de régler l'organisation de leurs États,
dans une assemblée générale qu'il indiqua à
Romans pour le 5 septembre, et où les
députés de Vizille qui en avaient convoqué
une pour le 1.er jour de ce mois, convinrent
de se réunir.

Mounier fut encore secrétaire de cette
assemblée, et on le porta à cette place malgré
une opposition assez nombreuse des partisans
de la Cour, opposition forte du suffrage de
l'archevêque de Vienne que le Roi avait nommé
président. Mais ses connaissances profondes,
son zèle, son application au travail, sa sévère
impartialité lui concilièrent bientôt tous les
suffrages, et l'archevêque de Vienne lui-
même, le proposa (25) pour secrétaire des
États, ce qui fut agréé par acclamation. Enfin,
il remplit de semblables fonctions à une
seconde assemblée générale tenue à Romans
au mois de novembre suivant.

La confiance qu'il obtint de la province
se manifesta avec encore plus d'éclat lors de
l'élection des députés aux États généraux.
Cette élection se fit en Dauphiné, suivant
un mode particulier. Les membres des États,
au nombre de 144, réunis à un nombre égal

d'autres députés, en furent chargés. Mounier
fut nommé à l'unanimité des suffrages (26);
il ne lui manqua que la voix de son père.
Ceux qui savent combien, dans une assemblée nombreuse, il est difficile de réunir tous
les votes, et des votes donnés au scrutin,
jugeront par là combien Mounier était estimé
et chéri (27).

Les États de Dauphiné se séparèrent le
16 janvier 1789. Depuis cette époque jusques
à la fin d'avril, moment où les députés se
rendirent aux États généraux, Mounier,
comme secrétaire des États de la province,
exerça les mêmes fonctions auprès de leur
Commission intermédiaire. Dans un intervalle
d'environ neuf mois, il rédigea les procès
verbaux de quatre grandes assemblées (28),
celles de Vizille, de Romans et des États,
qui tous ont été imprimés, et ceux de la
Commission qui n'étaient pas moins considérables. Mais ce ne furent pas là ses seules
occupations publiques. Il entretint une cor-
respondance immense relative aux affaires du
tems, sur lesquelles il était consulté de toutes
les parties de la France; il rédigea, pour
les trois ordres du Dauphiné (29) ou pour

certaines corporations, plusieurs lettres où il éclairait diverses classes sur leurs véritables intérêts, et entr'autres deux lettres (30) où il discuta des questions très-délicates sur la représentation et l'élection aux Etats généraux. Ces lettres furent publiées séparément, et les journalistes étrangers s'empressèrent de les insérer dans leurs feuilles.

Vers le même tems, beaucoup de membres du clergé et de la noblesse, firent des protestations contre la constitution des États, qui était en grande partie l'ouvrage de Mounier. Ils adressèrent des mémoires au ministère. Il était nécessaire et pressant de parer les coups qu'ils pouvaient porter; on chargea Mounier de ce soin. Il fit un voyage à Paris, au printems de 1789 (31), publia une réponse aux protestations, éclaira le ministère, et revint triomphant de cette première lutte.

ACCABLÉ ainsi d'affaires de la dernière importance, on ne conçoit pas qu'il ait pu, dans le même tems, faire toutes les recherches qu'exigeait la composition, et se donner tous les soins que nécessitait la publication de ses OBSERVATIONS sur les États généraux.

Dans cet ouvrage, qui lui assigne une place distinguée parmi nos meilleurs publicistes, il examina d'abord avec scrupule ce qu'avaient fait ou pu faire les anciennes assemblées de l'État, et quel était le régime actuel de la France, et il proposa ensuite d'adopter, sous quelques modifications, la constitution anglaise.

Nous avons dit qu'il l'avait étudiée long-tems. Il était persuadé qu'elle convenait à la France, et les circonstances critiques dans lesquelles il se trouva placé depuis, n'affaiblirent point sa persuasion. Un second ouvrage (32) où il traita du GOUVERNEMENT qui convient à la France, publié au mois d'août 1789, et divers rapports ou discours lus à l'Assemblée Constituante (33), contiennent les développemens et les preuves de son systême, présentés avec énergie, clarté et sagacité, soutenus en un mot de tous les argumens dont ils sont susceptibles. Enfin, lorsqu'il vit que ce systême était rejeté, il donna sa démission de membre du Comité (34) de constitution de cette Assemblée.

Ce défaut de succès n'empêcha pas de rendre justice à la pureté de ses intentions. Déjà il avait été chargé de plusieurs postes

honorables par l'Assemblée Constituante (35);
peu de jours après on l'appela à la présidence (36). On lui reprochait seulement de
tenir avec trop de constance à des opinions
contraires à celles de la majorité. Mais ses
opinions étaient le fruit de longues études.
Il était de plus en plus convaincu qu'un Etat
aussi vaste que la France ne pouvait être bien
gouverné que par un Monarque , et un Monarque qui aurait une part efficace à l'exercice
du pouvoir législatif.

PENDANT sa présidence , des troubles
violens éclatèrent. On connaît les journées
des 5 et 6 octobre 1789. Les scènes sanglantes
qu'elles produisirent affectèrent singulièrement Mounier, dont la santé était déjà altérée
par les travaux forcés auxquels il se livrait.
La translation de l'Assemblée nationale à
Paris lui fit craindre de se voir privé de cette
indépendance d'opinions qu'il professait, et
il préféra de revenir au milieu de ses concitoyens (37), reprendre ses fonctions de
secrétaire des États de Dauphiné.

Il les exerça pendant une partie de l'année
1790, après avoir publié un EXPOSÉ de sa
conduite (38) à l'Assemblée nationale, et des

motifs de son retour. Du reste, il vécut paisiblement et dans la retraite, au milieu de sa famille et de ses amis. Il ne se détermina à quitter sa patrie que lorsqu'il s'apperçut qu'un plus long séjour l'exposerait sans utilité aux évènemens fâcheux que devait produire la division et l'aigreur excessive des divers partis, et dont plusieurs insultes et menaces paraissaient les avant-coureurs.

SA conduite à l'étranger prouva que la nécessité seule l'avait décidé à cette démarche, et qu'il avait, en la faisant, conservé l'attachement le plus sincère pour son pays. Non seulement il ne prêta ni son bras, ni sa plume aux ennemis de la France, mais encore il prit la ferme résolution de ne point habiter dans leurs États, quoique la médiocrité de sa fortune, et l'extrême difficulté de recevoir des secours de ses parens eussent justifié son séjour dans tous les lieux sans exception, qui eussent été favorables à l'entretien de sa famille.

Les inconvéniens, les embarras de tout genre attachés à sa situation, sur-tout lorsque l'approche des armees françaises le força de chercher un asile dans des contrées reculées,

parce

parce que des plus voisines étaient en guerre
avec nous... rien ne lui fit abandonner ce
plan si louable de conduite. Il aurait rougi
si l'on avait eu la pensée que par sa présence
dans un pays ennemi, il approuvait les entreprises dirigées contre le sien. Il séjourna
d'abord quelques années (39) à Genève, et
successivement à Berne, où il reçut l'accueil
le plus flatteur ; où le grand Conseil de cette
République, qui le consultait sans cesse sur
son Gouvernement et son administration,
fit frapper en son honneur une médaille d'or,
avec cette inscription : *Optimo Viro*. Il fallut
ensuite songer sérieusement à exercer quelque
profession qui assurât sa subsistance. Animé
de sentimens moins nobles, il n'eût pas été
embarrassé. On lui avait offert une agence
pour l'achat des munitions navales anglaises
à Pétersbourg. Quoiqu'elle lui présentât la
perspective d'une fortune immense et rapide,
il n'avait pas hésité à la refuser. On lui proposa ensuite de se charger de l'éducation
d'un jeune Lord, petit-fils du célèbre amiral
Hawke. On attachait à cet emploi des honoraires considérables. Mounier déclara qu'il ne
voulait point se fixer en Angleterre. On consentit à ce que l'élève habitât avec lui, mais

114

on exigea qu'il vînt lui-même le chercher et l'accompagner. Forcé de céder , Mounier se rendit à Londres (40). S'il eût eu cette vanité excessive dont on l'a si mal-à-propos accusé , il avait une occasion bien favorable de se procurer des jouissances. Qui peut douter qu'un homme si célèbre , un homme si sincère et si zélé admirateur du Gouvernement de la grande Bretagne , n'eût été accueilli et fêté par tout ce qu'il y avait d'Anglais distingués et instruits? Mounier ne voulut point de tels hommages , dès l'instant qu'ils eussent été rendus par les ennemis de la France. Il ne s'arrêta pas trois jours à Londres , et il revint sur le champ à Berne avec son élève.

Forcé enfin de quitter un pays allié , il choisit un pays neutre pour sa résidence.(41). Ce fut auprès du duc de Weimar, le souverain d'Allemagne, qui passe pour le protecteur le plus zélé des talens et des lumières, que Mounier se fixa. Il monta une maison d'éducation au Belveder (42), à quelque distance de cette ville , et bientôt il y vit accourir, de diverses parties de l'Allemagne, de l'Angleterre, de la Suède , de la Pologne, de la Russie, des enfans des familles les plus distinguées par leur rang , et même de

Princes souverains (43). On y donnait une
éducation complète et dans tous les genres
d'instruction propres à des personnes opulentes, ou appelées à jouer un grand rôle
dans la société. Mounier en était le direc-
teur. Il y enseignait en particulier (44) le
droit public, la logique, la métaphysique
et la morale. La réputation dont cet établissement jouit était bien méritée. Soumis à la
surveillance d'un homme aussi probe, aussi
actif, aussi exact et aussi éclairé, la jeunesse
ne pouvait qu'y puiser des mœurs et des
lumières. Chaque année son crédit se forti-
fiait et s'étendait, et Mounier y trouvait
des ressources (45) fort avantageuses pour
sa famille, et des revenus tels qu'il ne devait
point en France en espérer de semblables,
ni à beaucoup près.

Mais pour un véritable ami de sa patrie,
aucun avantage ne pouvait balancer le regret
d'en être éloigné et de consacrer à d'autres
peuples des talens qui lui semblaient devoir
être voués au service de ses concitoyens. A
peine le grand Napoléon eut-il pris les rênes
de l'autorité et fait entrevoir le bonheur et
la haute prospérité dont l'Empire français lui

fut bientôt redevable, que Mounier pensa aux moyens d'y rentrer. Il chercha à s'affranchir des engagemens qu'il avait contractés ; il remit son pensionnat entre des mains sûres, et au commencement de l'an 10, il arriva à Grenoble.

Il y fut accueilli avec enthousiasme par tous les gens impartiaux ; bien plus, les citoyens que ses opinions lui avaient aliénés, transportés de la noblesse, de la délicatesse de sa conduite à l'étranger, furent les premiers à lui tendre les bras. Son séjour dans sa ville natale fut très-court. Il se rendit à Paris, où bientôt le PREMIER CONSUL voulut mettre à profit ses talens, et le 23 germinal an 10, il le nomma à la Préfecture importante de Rennes.

Ce choix prouve tout-à-la-fois et la sagacité de notre Monarque et l'estime qu'il faisait de Mounier. Le département de l'Ile et Vilaine, long-tems ravagé par la guerre civile, contenait encore deux partis fort divisés. Il était nécessaire d'y envoyer un homme ferme, inébranlable, et tout-à-la-fois d'une justice sévère et d'une impartialité irrécusable, pour pouvoir contenir les deux factions, les rapprocher, les concilier, et les rattacher enfin au Gouvernement, dont l'intérêt est le seul parti que doive adopter tout bon Français. Cette tâche était aussi difficile que pénible. Mounier la remplit avec honneur. On savait que son ame était inaccessible à la crainte et aux séductions ; on savait que quelque opinion qu'on eût professé ou qu'on professât, il rendrait une justice rigoureuse ; on savait que profondément sensible, les malheureux ne l'invoqueraient pas envain, et que le faible opprimé trouverait toujours auprès de lui un appui solide ; on savait qu'il était d'une activité singulière, que les travaux les plus accablans et les plus opiniâtres ne lui coûtaient rien quand il s'agissait de remplir son devoir ; on savait que rien n'échappait à sa vigilance, et en effet, il avait découvert et déjoué dès le principe plusieurs complots dangereux... Peu à peu, les partis se rapprochèrent et s'apperçurent avec surprise de leur union. On renonça à former des entreprises contre le Gouvernement. La tranquillité la plus parfaite s'établit : aucun nuage ne la troubla pendant les trois années qu'il fut à Rennes.

Mounier ne borna pas ses soins à ce qui

B 3

concernait la sûreté générale et l'ordre public.
Il s'imposa la loi de faire des tournées longues et fréquentes dans sa province, afin de
la bien connaître. Il examina scrupuleusement
toutes les parties de son administration, et
y mit de l'ordre par des règlemens sages et
pleins de vues utiles. Il n'attendit point que
l'exécution du Concordat ramenât la décence
et la pompe convenables aux obsèques des
citoyens; il autorisa et encouragea les cérémonies funéraires par un arrêté spécial. La
conservation des propriétés rurales, la répa-
ration et la construction des chemins vici-
naux, la rentrée des contributions, la mise
en activité de la conscription suspendue
jusques-là par les circonstances, et celle du
lycée de Rennes, furent les objets d'autant
de mesures particulières. Mais celui auquel
il attacha sur-tout de l'importance, fut l'extinction de la mendicité. Chaque commune
fut invitée à surveiller ses pauvres, à con-
traindre au travail ceux qui étaient valides,
et à exciter les particuliers aisés à distribuer
des secours aux vieillards ou aux infirmes.
Secondé par l'humanité des habitans du pays,
il obtint quelques succès. Plus de 500 men-
dians abandonnèrent leur espèce de profes-

sion , et ils furent employés à des travaux publics, ceux du canal de la Rance.

LA sagesse de sa conduite, l'activité de ses travaux, l'ardeur de son zèle , l'importance de ses services n'avaient point échappé à l'œil vigilant de l'EMPEREUR. Il l'honora d'un nouveau et bien flatteur témoignage de son estime, en l'appelant à son Conseil d'Etat. Aussitôt les habitans de toutes les villes et de la plupart des communes de l'Ile et Vilaine lui manifestèrent par des adresses, leur satisfaction de sa nouvelle dignité et leurs regrets de ce qu'elle l'éloignait de leurs contrées. Ils n'avaient pas attendu ce signe de la faveur du Prince pour se montrer touchés et reconnaissans de l'administration paternelle et bienfaisante de Mounier. Dès le printems de l'an 12 ils l'avaient présenté comme candidat au Sénat conservateur. Ils ne l'oublièrent pas non plus après sa nouvelle promotion. Le deuil fut général lorsqu'ils apprirent sa mort.

MOUNIER est resté trop peu de tems au Conseil d'Etat (46) pour qu'il ait pu s'y distinguer par des travaux spéciaux, d'autant plus qu'il n'était à la tête d'aucune partie de

l'administration générale. On sait cependant
que ni son activité, ni son zèle pour la chose
publique ne s'étaient rallentis ; de même que
son affection pour son pays natal n'avait point
diminué. Le département de l'Isère en eut
bientôt des preuves. C'est sur un rapport
détaillé, clair et instructif de Mounier,
qu'on a rendu le décret du 16 messidor an
13, qui ordonne le desséchement des marais
de Bourgoin. On sait aussi que l'EMPEREUR
l'honorait toujours de sa confiance et de son
estime, et qu'il s'en rendait digne par une
probité rigoureuse, par un dévoûment inviolable, et par une franchise qu'on ne remarque pas toujours chez ceux qui entourent
les souverains.

J'AI considéré jusques à présent Mounier
comme homme public. Avant de terminer
cette partie de mon travail, je dois dire un
mot de ses productions, car un écrivain, et
un écrivain sur-tout qui traite de sujets utiles,
est une espèce de fonctionnaire public à raison de l'influence qu'il exerce sur ses contemporains et même sur la postérité. Mais obligé
de me renfermer dans des limites étroites,

et n'ayant pu d'ailleurs me procurer tous les ouvrages de Mounier (47), je me réduirai à quelques observations sur son style.

LE style de Mounier se ressent de la nature des objets qu'il avait à traiter, et de la précipitation avec laquelle il a été presque toujours forcé de composer. Ce n'est point dans des discussions de droit civil ou poli- tique, qu'un écrivain peut mettre cette cha- leur qui anime, qui vivifie toutes les pro- ductions, qui fait passer plus rapidement la persuasion dans l'âme du lecteur. De quel- que talent qu'on soit doué, il est alors difficile qu'on ne peigne pas avec un peu de sécheresse, et c'est en effet ce qu'on observe chez Mounier. Du reste, son style a, en général, les qualités nécessaires aux sujets dont il s'occupe ; telles que la gravité, la sévérité, la clarté et la concision. Il paraît que c'était sur-tout ce dernier mérite qu'il recherchait. On sait que les procès verbaux des assemblées publiques sont trop souvent remplis d'un verbiage qui n'ajoute rien à la légalité des opérations qu'on y décrit, et n'a d'autre résultat que d'en rendre la lec- ture fatigante et peu utile. Ce reproche ne sera point fait à ceux de Mounier. Souvent une séance est décrite dans deux lignes, mais ces deux lignes expriment tout ce qu'il était nécessaire de savoir.

Ce qu'on pourrait lui reprocher quelquefois, à plus juste titre, ce serait de l'incorrection et du désordre. Mais il faut se rappeler que la plupart de ses écrits ont été composés et publiés dans le même espace de tems, et avec trop de précipitation, pour qu'il lui fût possible de les revoir et de les soigner. Celui de tous auquel il a pu consacrer le plus de loisir, les RECHERCHES sur l'influence de la philosophie, prouve qu'il connaissait sa langue et savait écrire. On y trouve bien moins de fautes que dans les autres, quoique un long séjour à l'étranger n'eût pas dû contribuer à améliorer son style.

Ce qui caractérise encore les productions de Mounier, c'est une logique serrée et une grande force de dialectique. Il discute avec le plus grand succès les argumens des adversaires qu'il combat.

Il ne faut pas cependant conclure des observations précédentes que Mounier manquât de chaleur. Pénétré des plus nobles et des

plus louables sentimens publics et privés,
n'aurait-il pas été étrange qu'il se refroidît
lorsqu'il s'agissait de les peindre? Loin de
là, quand il a eu l'occasion de les exprimer,
il l'a fait avec force et énergie: c'est ce qu'on
remarque entr'autres dans son APPEL à l'opinion publique du rapport fait à l'assemblée
constituante sur les journées des 5 et 6
octobre 1789.

JE viens de dire que Mounier était pénétré
des plus nobles, et des plus louables sentimens, soit publics, soit privés. Quant aux
premiers, le tableau que j'ai présenté de sa
conduite politique, en a offert des preuves
irrésistibles. Celui que je vais tracer de sa
conduite privée, n'en offrira pas de moins
évidentes pour les seconds. Afin d'y mettre
quelque ordre, je considérerai Mounier sous
les principaux points de vue qui servent à
peindre l'homme dans la vie domestique, et
par conséquent, dans les rapports qu'il eut
avec les étrangers, avec ses amis, avec sa
famille.

CONSIDÉRÉ dans ses relations avec les

hommes qui ne lui étaient attachés ni par
les liens du sang, ni par ceux de l'amitié,
Mounier ne se présente pas sous un aspect
très-favorable. Dès son enfance, occupé d'études abstraites et sérieuses, et très-appliqué
au travail, il avait pris un caractère fort
réfléchi (48) et peu communicatif; un ton
de censeur, de la sécheresse dans les maniè-
res, de la réserve, de la froideur, et quelquefois de la brusquerie dans l'accueil. Il
montrait peu de tolérance et manifestait même
de l'impatience, et une impatience véhémente,
lorsqu'il était troublé par quelques-uns de
ces êtres que la vanité, l'oisiveté, le besoin
du babil, rendent souvent le fléau des amis
de l'étude et de la méditation.

Devenu fonctionnaire public, Mounier
sentit la nécessité de modifier sa manière
d'agir. Quoique parvenu à un âge où le
caractère, les habitudes et les passions ne
cèdent guères aux leçons de la philosophie,
il eut assez d'empire sur lui-même pour
réussir. Ceux qui l'avaient connu jeune, furent
étonnés de trouver dans le Préfet, dans le
Conseiller d'état, cette aménité aimable,
cette urbanité heureuse par lesquelles se distinguaient les gens de l'ancienne cour, mais

qui chez eux n'étaient qu'une forme, un vernis extérieur, tandis que chez Mounier, elles étaient jointes à l'intention réelle de rendre service, à une intention que l'effet suivait toujours et de très-près, lorsque cela était en son pouvoir.

C'est que Mounier n'était pas guidé dans son *obligeance*, si l'on peut s'exprimer ainsi, par le désir de se faire des créatures et des partisans, en un mot, par de la politique. La bienfaisance lui était naturelle, et la philosophie en avait fortifié le goût, ou plutôt l'avait transformée en une espèce de passion. Il était peu fortuné, mais l'homme qui chérit sincèrement ses semblables manque rarement de moyens de leur être utile. Lorsque Mounier avait épuisé sa bourse, il prêtait son crédit, ses conseils et ses lumières. Souvent, loin d'en recevoir des honoraires, il aidait de ses secours les cliens pour qui il avait travaillé comme avocat, quoique l'entretien de sa maison dépendît en grande partie des rétributions dues à ses travaux. Il portait même ses libéralités jusques à l'excès, vu la médiocrité de ses ressources. Un de ses parens le lui reprocha : vous ne serez jamais riche, lui disait-il ; si du moins vos dons

étaient toujours bien appliqués ! Mais beaucoup de fripons abusent de votre penchant
à la bienfaisance... Mounier s'excusa par une
maxime très-connue, il est vrai, mais fort
peu mise en pratique ; « J'aime mieux risquer
» d'être dupe, que de m'exposer à être
» inhumain ».

Le rang ni le pouvoir ne lui firent point
perdre, comme à tant d'autres, cette qualité
la plus précieuse de l'homme, celle qui le
distingue essentiellement de tous les êtres
animés. Devenu Préfet, son premier soin fut
de visiter les hôpitaux et les prisons, et
l'une de ses premières mesures, nous l'avons
dit, eut pour objet l'adoucissement du sort
des détenus et des pauvres, et l'extinction
de la mendicité. Il se constitua, en quelque
sorte, le protecteur de ceux qui étaient dans
les fers ou l'indigence ; non qu'il ne sût que
beaucoup d'entr'eux ne méritassent leur sort
par leurs fautes ou leurs déréglemens, et
qu'il ne vît de fort mauvais œil le crime,
l'oisiveté et l'inconduite ; mais il pensait que
l'humanité devait adoucir les peines des uns,
et ne s'occuper que des malheurs des autres
sans en scruter l'origine.

On a vu quelquefois des hommes trèscharitables et en même tems fort avides. Ils cherchaient, disaient-ils, à acquérir pour donner. Tel n'était point Mounier. Il faisait honneur, par son désintéressement, à la profession noble qu'il avait embrassée dans sa jeunesse. Peu d'avocats demandaient des honoraires aussi modiques : il craignait même presque toujours d'avoir mis une taxe trop forte à des ouvrages où d'autres, plus justes appréciateurs de ses travaux, en eussent fixé une trois fois plus considérable. Cette vertu si rare ne s'affaiblit pas non plus dans les postes élevés qu'il remplit.

Existe-t-il encore des hommes assez aveuglés par leurs passions, pour censurer la conduite de Mounier, par cela seul qu'il ne partagea point leurs opinions politiques, et qu'il fut un des principaux auteurs de la révolution ?. Qu'ils approchent ! Qu'ils apportent leur bilan et le mettent à côté de celui de Mounier !. Ses premières fonctions en 1788 et 1789, lui avaient coûté son patrimoine ; il en acquit un nouveau dans la pension du Belveder ; rentré en France, le traitement qu'il reçut pendant quatre années, soit comme Préfet, soit comme Conseiller d'état, aurait dû l'augmenter, vu son économie sévère et sa haine pour le faste; eh bien ! il n'a laissé que de quoi payer ses dettes !.. Voilà quel a été tout l'héritage de ses enfans !

Tout leur héritage ! Je me trompe... Formés par lui à la vertu, introduits par ses soins vigilans dans la carrière des sciences et des lettres, quelle succession plus avantageuse pouvaient-ils en recevoir ? Et qui l'ignore d'ailleurs ? Issus d'un des plus fidèles sujets, d'un des serviteurs les plus utiles de l'Empereur, ayaient-ils jamais à craindre l'indigence ? Non, non ! Le Souverain les a pris sous sa protection spéciale : des pensions et des emplois acquittent la dette de l'État et du Prince envers leur père (49).

Humanité, bienfaisance, désintéressement, Mounier n'eût-il eu que de telles vertus, elles auraient suffi sans doute pour faire tolérer cet accueil froid et brusque qu'il faisait dans sa jeunesse aux étrangers, et qu'il se reprochait à lui-même avec amertume et colère, lorsqu'il s'appercevait ou qu'on lui disait qu'il en avait commis la faute.

Cette manière d'agir tenait peut-être aussi à un système singulier qu'il s'était formé sur l'honneur qu'on doit à la vertu, et la haine

au

au vice. L'éloge, disait-il, est un hommage qu'il ne faut rendre absolument qu'à la vertu ; l'accorder au vice, même caché, est un crime. C'est un mal que de faire ce qu'on nomme des complimens, ne fussent-ils que de pures civilités, à des êtres qui passent pour des gens de bien, mais que l'on sait être cor-rompus. C'est au contraire un service à rendre au public, que de les traiter sans ménagement comme ils le méritent : on empêche par là de leur accorder de la confiance, et l'on garantit de leurs pièges des personnes que leur réputation de probité disposerait à se laisser tromper par eux. Dans l'état actuel de la société, ce système pourra paraître outré, et son exécution difficile ou dangereuse ; au moins était-il chez Mounier le fruit du plus vif enthousiasme pour la vertu.

MAIS si Mounier fut d'abord froid, réservé, difficile dans ses relations avec les étrangers, il se conduisait bien différemment avec ses amis, sa famille, et dans l'intérieur de sa maison. On rencontre quelquefois des hom-mes qui, à l'extérieur, montrent le commerce le plus aimable, la plus grande aménité de mœurs, et qui rentrés au milieu de leurs

C

proches, en sont les fléaux. On observait
tout le contraire chez Mounier. Nul ne fut
meilleur maître, meilleur ami, meilleur fils,
meilleur père, meilleur époux. En un mot,
il brillait encore davantage par les vertus
privées que par les vertus publiques.

Quel témoignage plus vrai et plus touchant
de sa bonté et de sa douceur, que cette
réception faite par ses domestiques à deux
de ses parens qui, quinze jours après sa
mort, allèrent à Paris présider à l'arrangement de ses affaires? Quels renseignemens
pourrions-nous vous donner? Il n'est plus !
Depuis ce jour funeste, nous n'avons pensé
qu'à répandre des larmes !

Quant à l'amitié, on conçoit que, soit
par vanité, soit par intérêt, on doit en té-
moigner à un homme que de grands talens
ou de grands services ont rendu célèbre, ou
qui occupe des postes éminens. Sa réputation
se réfléchit un peu sur ceux qu'il honore de
sa confiance, et son crédit peut leur être
utile. Cette triste espèce d'amitié, la seule
qu'obtiennent beaucoup d'hommes illustres
ou puissans, ne prouve rien en faveur de
leur cœur ou de leur caractère : ce n'est

donc point de celle-là que nous ferons un honneur à Mounier. Le rôle qu'il joua au commencement de la révolution lui procura un grand nombre d'amis de ce genre ; il en conserva même plusieurs de très-recommandables par leurs vertus ou leurs lumières (50). Mais beaucoup d'autres aussi l'abandonnèrent lorsqu'ils s'apperçurent que l'exil et les malheurs de tout genre n'avaient pu le faire renoncer aux opinions qu'ils avaient partagées dans le principe, et qu'ils avaient ensuite abjurées, parce qu'elles n'étaient chez eux que l'effet des circonstances et non le fruit de l'étude et de la méditation.

Mounier ne dut point gémir de cette défection. Il lui restait un grand nombre de véritables amis ; des amis qui ne le chérissaient que pour lui-même, pour ses vertus, sa bienveillance et son ardeur à les servir; des amis qui s'étaient attachés à lui dès son adolescence, à un âge où leur affection n'avait été excitée ni par l'intérêt, ni par l'orgueil; car, ainsi que nous l'avons remarqué, les talens distingués de Mounier furent ignorés jusques au moment de la révolution parlementaire, c'est-à-dire, jusques à une époque où il avait atteint sa trentième année.

C 2

Ceux-là lui sont toujours restés fidèles. C'est au milieu d'eux et de ses parens ou alliés qui lui vouaient presque tous la même affection, c'est dans ce cercle de deux familles nombreuses, où il se renfermait presque toujours, que se développaient sans contrainte les qualités heureuses dont il était doué.

Là, il s'abandonnait à son goût pour la conversation, mais pour une conservation tout-à-la-fois agréable, utile et instructive. Il y jouait le principal rôle, à l'aide de ses vastes connaissances, et d'une facilité extrême à développer ses idées, à les exprimer avec clarté, avec précision, méthode, force et chaleur. Lorsque son esprit était échauffé, soit par l'importance du sujet qu'on traitait, soit par la vivacité du dialogue, il avait une telle énergie et une telle abondance d'idées lumineuses, qu'il entraînait, qu'il subjuguait les personnes qui lui étaient le plus opposées d'opinions, tandis que souvent ( il en a lui-même fait la remarque ) la composition dans le silence du cabinet, le refroidissait.

Ce n'est pas que Mounier aimât à dominer ni à faire adopter, sans réserve, ses opinions dans les cercles qu'il fréquentait. S'il se plaisait singuliérement à ces sortes de discussions

polémiques, son unique but était de s'ins-
truire. Il consultait ses amis sur tout ce qu'il
faisait : plaidoyers, mémoires, jugemens à
rendre, ouvrages à publier, tout leur était
soumis avec une modestie surprenante. Vai-
nement s'excusaient-ils sur ce qu'ils avaient
moins de lumières que lui ; il insistait ; il
disait qu'il n'avait qu'à profiter dans les observations de personnes mêmes qui ne s'étaient
pas occupées des matières qu'il avait appro-
fondies. Lui indiquait-on ensuite quelque
faute, quelque erreur dans ses productions ?
Il l'avouait sur le champ et sans la moindre
peine, et il s'efforçait de se rectifier. On a
dit qu'il avait de l'amour propre, de la téna-
cité dans ses opinions... Il est très-vrai qu'il ne
s'écarta jamais de certains systèmes, mais
c'est après s'être persuadé par de longues
études qu'ils étaient bons ; autrement, l'état
habituel de son esprit était ce doute philo-
sophique, dégagé de toute prévention ou
passion, qui est si propre à la découverte de
la vérité.

La modestie n'était pas la seule qualité
qui rendait son commerce si agréable et si
attachant pour ses parens et ses amis. Une
franchise, une simplicité, une tolérance,

une patience bien rares, et un dévoûment sans bornes le distinguaient encore. Profondément sensible, il eût été fâché qu'ils eussent confié à un étranger le soin de leur être utile, lorsqu'il pouvait s'en charger. Mettant le plus haut prix à leur affection, il était fort inquiet quand ils en accordaient à d'autres une semblable. Il en était même jaloux, parce qu'il ne croyait pas qu'on pût égaler la sienne.

Un tel ami pouvait-il professer avec moins de force la piété filiale, paternelle ou conjugale? On pressent notre réponse. Toutes les vertus domestiques se lient mutuellement; il est difficile que quand on pratique l'une d'elles, on soit étranger aux autres. Quoique le genre de ses études et de ses professions eût dû lui acquérir une grande supériorité de lumières dans sa famille, on le vit toujours et sans la moindre variation, professer ce respect, cet attachement filial que les anciens appelaient, avec tant de raison, du beau nom de piété (51). Devenu père lui-même, il prodigua à ses enfans (52) cette tendresse qu'il avait éprouvée de la part des auteurs de ses jours. Des mains mercenaires

n'eurent pas le soin de leur enfance : il se
le réserva à lui seul et à son épouse. Il les
instruisit dans les sciences, les guida dans
la carrière de la vie , les forma à la connaissance des hommes ; et , lorsque sur la fin de
sa propre carrière , il craignit qu'elle ne fût
pas longue , il n'avait presque qu'une sollicitude , c'était celle de les laisser dans le
monde , à l'âge orageux des passions , à celui
où ils n'étaient pas encore pourvus d'établis-
emens , ou n'étaient pas en état de s'en
procurer , et de les laisser sans un patrimoine
qui leur assurât une existence en rapport
avec leur éducation.

ENFIN, Mounier fut bon époux... Il était
à peine au milieu de l'adolescence, lorsqu'il
connut le plus vif et le plus doux des sentimens. Un de ses amis de collége était
atteint d'une maladie grave et longue : chaque
jour Mounier l'allait encourager, soutenir et
consoler. Le spectacle continuel des souf-
frances et de l'inquiétude de son ami ne le
rebutait point de lui donner des soins. Il en
fut bien dédommagé. Cet ami avait une
sœur (53) que la nature s'était plue à combler de tous ses dons. Aux attraits les plus

séduisans, elle joignait l'ame la plus noble,
une ingénuité touchante, une candeur aimable. Elle avait de l'instruction, et cette finesse,
ce tact délicat qui la remplacent souvent
dans son sexe. Elle ne s'énorgueillissait point
de ces avantages extraordinaires (54); la modestie, la timidité même les faisaient encore
ressortir et donnaient un nouveau lustre à
ses grâces naturelles. Elle vit Mounier. Il
n'était pas favorisé de ces dons extérieurs
qui, dans un homme, peuvent plaire au
premier aspect, mais qui n'attachent, ni ne
fixent point le cœur. Mais elle ne tarda pas
à apprécier son savoir, son jugement, son
caractère, sa conduite; à reconnaître son
humanité, sa sensibilité, sa constance dans
ses attachemens et son goût dans le choix
qu'il en faisait. Leur inclination se fortifia
avec le tems; la raison l'avouait; l'âge seul
mettait un obstacle à leur félicité. Il fallait
avoir une profession solide pour assurer l'existence de la famille nouvelle dont Mounier
voulait être le chef. Il se pourvut de la charge
de juge royal, et à vingt-trois ans il obtint
son épouse qui n'en avait que dix-huit.

Il arrive quelquefois, sur-tout quand il est
contracté de trop bonne heure, que l'himen

ne procure point la félicité qu'avait fait
espérer une inclination mutuelle. Celui de
Mounier n'eut point ce résultat fâcheux. Le
penchant des deux époux était fondé sur
l'estime ; il se fortifia loin de s'éteindre : ils
offrirent un modèle trop rare de l'accord, de
l'union, et d'une union inaltérable. Quoique
cela ne fût guères conforme au *bon genre* du
tems, ils ne se quittaient jamais. Prome-
nades, spectacles et autres lieux publics,
Mounier se faisait un honneur de conduire
par-tout son épouse. Elle fut la compagne
de ses voyages : elle avait été le témoin de
ses triomphes, elle voulut partager ses
malheurs et son exil. Hélas ! ce noble dévoûment lui fut fatal, ou plutôt il le fut à
tous les deux. Une maladie cruelle et impré-
vue l'enleva en quatre ou cinq jours, à
Weymar (55), peu de tems après leur arrivée.

VOILA de ces coups affreux du destin
contre lesquels les armes de la philosophie
sont bien faibles ou plutôt tout-à-fait impuis-
santes. Mounier eut besoin, après un tel
malheur, de se rappeler qu'il était père pour
se résigner à supporter le fardeau accablant
de la vie. Il tâcha de se distraire de sa dou-

leur en se consacrant à l'éducation publique et sur-tout à celle de ses enfans. Mais la plaie de son cœur était trop profonde pour être guérie.

Mounier avait naturellement une constitution assez robuste. Il l'avait encore fortifiée par une conduite très-sage et par une sobriété rigoureuse, l'une et l'autre dignes d'un véritable Stoïcien (56). On n'avait point eu à reprocher à sa jeunesse les écarts trop communs à cet âge : à aucune époque de sa vie il ne commit d'excès, soit dans les alimens, soit dans les boissons ; le café et les liqueurs de tout genre lui étaient inconnues, et avant l'âge mur, il ne buvait que de l'eau. Mais, déjà altéré par les fatigues et sur-tout par les inquiétudes violentes que Mounier avait éprouvées au commencement des révolutions de 1788 et 1789, son tempérament fut miné peu-à-peu par la douleur. Il essayait de se distraire par le travail, par l'exercice de ses fonctions publiques, par les soins qu'exigeait sa famille : tous ces remèdes ne furent que des palliatifs. Il ne pouvait se consoler de la perte qu'il avait faite. Obligé de concentrer son chagrin pen-

lant la journée, il y donnait, il est vrai, un
ibre cours pendant la nuit; et l'on assure
qu'il n'en est guères où dans les dix années
qu'il survécut à son épouse, il n'ait répandu
les pleurs... Ce triste soulagement ne lui suffit
point. Il fut atteint d'obstructions à tous les
viscères, et dès l'hiver de 1805 il eut une
maladie grave (57). Sauvé, grâce aux secours
le l'art, il essuya une rechûte vers l'automne
le la même année. Il prévit dès-lors que sa
carrière ne serait pas longue, quoiqu'il ne
se doutât point qu'elle dût finir aussitôt.

Son état d'indisposition et les périls qu'il
entrevoyait ne purent le décider à prendre quelque relâche dans ses travaux publics. Ami des
hommes, il revoyait, dans ses momens de
loisir, ses ouvrages sur l'éducation (58), et
il songeait à les publier; citoyen zélé et sujet
fidèle, la plus grande partie de son tems (59)
était consacrée à son pays et à son Souverain.
Huit jours à peine avant sa mort, il assista
encore au Conseil d'état, et il prit une part
très-active aux discussions et délibérations.
La veille même il s'était occupé utilement.
Enfin, ce jour funeste, ne pouvant reposer,
il s'était placé dans un fauteuil, auprès de
son feu, entouré de sa famille. Là, après

quélques mots dits à ses enfans, il s'en-
dormit paisiblement. Ces infortunés voyant
le calme qui régnait sur sa figure, crurent
que c'était un simple sommeil : ils recom-
mandaient de faire silence, de ne pas le
troubler: hélas! c'était un sommeil éternel !...

AINSI périt Mounier, le 26 janvier 1806,
à un âge ( 47 ans ) où il pouvait encore
rendre, pendant long-tems, des services distingués à son pays, aux lettres, aux sciences,
à l'instruction publique! Ce qu'il avait fait
jusques là était une garantie non équivoque
de ce qu'il devait faire à l'avenir.

Nous l'avons vu en effet, et comme homme
public, et comme homme privé, mériter
l'estime et l'admiration de ses contemporains.

Homme public, il marcha d'un pas ferme,
avec constance et énergie, vers ce qu'il croyait
être le bien. L'ambition, l'intrigue, l'intérêt
n'eurent jamais aucune prise sur son ame,
qu'animèrent toujours le zèle le plus ardent
et le plus noble pour sa patrie, l'attachement
le plus inviolable pour son Souverain (60).
S'étant une fois voué à quelque fonction, il

remplissait avec activité et exactitude ;
enait à l'observation rigoureuse des règles,
t dans le pays qu'il administrait, on pou-
rait répéter la maxime célèbre, que la con-
rée vraiment libre est celle où les lois sont exé-
cutées sans acception de personnes. Appelé
par son éducation et diverses circonstances,
à éclairer ses compatriotes par des ouvrages,
il en publia un assez grand nombre, qui
sont recommandables tout-à-la-fois, et par le
talent de l'écrivain, et par sa véracité et ses
bonnes intentions ; où le desir d'être utile
l'emporte sur celui de briller.

Homme privé, il professa et pratiqua sans
relâche toutes les vertus sociales et domestiques ; toutes celles qui honorent le plus
l'humanité, qui font chérir l'existence, don-
nent une idée noble de notre nature, commandent le respect et entraînent l'affection.

Il réunit donc les vertus de l'homme
public et de l'homme privé, alliage trop rare
dans tous les tems, pour ne pas tirer Mounier
de la foule, pour ne pas faire inscrire son
nom parmi ceux que les fastes du monde
présentent avec le plus de confiance à la
vénération de tous les siècles et de tous les
âges.

Avec de tels titres, sa perte dut être vivement sentie (61). Les habitans de l'Ile et Vilaine qu'il avait administrés, et ceux de l'Isère, parmi lesquels il était né et s'était formé, en gémirent sur-tout. La Société des sciences de Grenoble, qui l'avait agrégé parmi ses membres (62), dès sa rentrée en France, s'empressa d'arrêter (63) que son portrait serait placé dans la salle où elle tient ses assemblées, au nombre de ceux des grands hommes que notre Département se glorifie d'avoir produits ; que des honneurs funèbres lui seraient rendus, et que son éloge serait prononcé dans une séance publique (54). Quelques circonstances ont retardé l'accomplissement de ce soin (65) ou plutôt de ce devoir. Nous avons eu le regret d'être devancés, sur ce point, par la société de Rennes (66) : plus tardif, notre hommage n'en sera pas moins sincère.

IL est sincère notre hommage ! Et ce n'est pas seulement celui de l'Académie, c'est celui de tous nos compatriotes. On peut les invoquer sans crainte à ce sujet. Dire qu'ils furent les témoins de presque tous les faits (67) que nous avons rapportés, c'est

par là même annoncer qu'ils partagent nos
regrets et qu'ils s'associent à notre tribut
d'éloges.

Que ce témoignage aussi libre que pur,
rendu au plus illustre d'entre vous, puisse
contribuer à adoucir votre douleur, hommes
estimables qui composiez sa famille ! Vous
avez amèrement déploré sa perte : vous avez
prouvé par là que vous étiez dignes de lui
appartenir. On ne vous a point vus en effet
vous énorgueillir des talens qu'il possédait,
de la réputation qu'il avait acquise, et du
haut rang où il était parvenu... Vous avez
continué à remplir avec probité et vigilance
la profession modeste mais honorable (68)
où vous vous étiez attachés dès votre jeunesse ;
vous avez senti que l'homme de bien anno-
blirait un état même moins recommandable.
A portée, par votre propre expérience, d'apprécier ce que vaut l'estime publique, vous
vous direz : Mounier n'est plus ; sa dépouille
mortelle a disparu ; mais sa mémoire vit
encore dans le cœur de tous nos concitoyens :
elle vit dans la pensée de tous ceux qui
honorent la vertu, qui vénèrent le génie et
qui sont reconnaissans des services et des

bienfaits : elle vit dans les monumens qu'il
a laissés de son zèle à remplir ses emplois :
elle vit dans les productions utiles où il a
répandu le fruit de ses études : elle vit dans
ce rejeton intéressant (69) qui, par son
application, son activité et ses connaissances,
se montre déjà digne de marcher sur ses
traces : elle vit encore, ou plutôt elle vivra
toujours ; les fastes de l'histoire la transmet-
tront à la postérité la plus reculée !....

# N O T E S

## De l'éloge historique de M. MOUNIER.

(1) Page 1. *Eloge historique de M. Mounier.* Voici la note chronologique des fonctions ou des titres de Mounier.

1. 1779. Avocat au parlement de Grenoble.

2. 1783. Juge royal de Grenoble.

3. 21 Juillet 1788. Secrétaire de l'assemblée des Trois-ordres du Dauphiné, tenue à Vizille.

4. 2 Septembre 1788. Secrétaire de la même assemblée, tenue à Saint-Robert, près de Grenoble.

5. 10 Septembre 1788. Secrétaire de la même assemblée, tenue à Romans.

6. 27 Septembre 1788. Secrétaire des Etats du Dauphiné, et de leur Commission intermédiaire.

7. 2 Janvier 1789. Député du Dauphiné aux Etats généraux ( Assemblée nationale constituante ).

8. 28 Septembre 1789. Président de l'Assemblée constituante.

9. 1 Décembre 1789. Secrétaire de la Commission intermédiaire des Etats de Dauphiné.

10. 13 Avril 1802 ( 23 germinal an 10 ). Préfet de l'Ile et Vilaine.

11. Avril 1804 ( floréal an 12 ). Candidat au Sénat conservateur, présenté par le Collège électoral de l'Ile et Vilaine.

12. Juin 1804 ( prairial an 12 ). Membre de la Légion d'honneur.

13. 1 Février 1805 ( 12 pluviôse an 13 ). Conseiller d'état.

(2) Page 1. *Transporté en partie dans notre langue.* Voici la traduction complète de cette strophe ; par M. le Conseiller

D

d'état Daru ( originaire de Grenoble ), dont l'auteur n'avait point l'ouvrage quand il a composé l'éloge.

> L'homme affermi par la justice
> Dans ses immuables décrets ,
> Brave le peuple et son caprice ,
> Quand il commande des forfaits.
> Il brave le tyran sévère ,
> Et l'Aquilon, dont la colère
> Tourmente les flots écumans :
> Sans pâlir , il entend la foudre ,
> Et verrait l'Univers en poudre
> Arraché de ses fondemens.

L'imitation de la même strophe , par Voltaire , est dans le siècle de Louis XIV , chap. 10.

(3) Page 2. *Dont l'image est sous vos yeux.* Le portrait de Mounier , peint par M. Lecamus , ancien professeur de dessin à l'école centrale de la Drôme , d'après un portrait original fait en Suisse par madame de Tott , était placé dans une des salles de la mairie de Grenoble , où la Société des sciences tient ses séances publiques ( *Voyez note* 64 ). Il était supporté par une colonne et surmonté d'une couronne de laurier. Au bas , on avait mis , en gros caractères , l'inscription suivante , présentée à la séance du matin par M. Mauclerc , docteur en médecine , membre ordinaire de la Société.

> Juste , éclairé , prudent, inflexible aux abus ,
> Consacrant à l'Etat ses travaux et sa vie ,
> MOUNIER , par ses talens , ses mœurs et ses vertus ,
> Au silence par-tout a su forcer l'envie.

(4) Page 2. *Il suffit de présenter avec simplicité l'histoire de sa vie, AINSI QU'ON VA S'EFFORCER DE LE FAIRE.* L'auteur, après s'être bien pénétré des dispositions de l'arrêté de l'Académie ( *Voyez ci-après note* 63, *page* 66 ), et après avoir médité les opinions qui furent émises aupara-

vant, a cru remplir les vues de ses confrères en rédigeant
une histoire plutôt qu'un panégyrique. Le plus bel éloge,
d'ailleurs, qu'on puisse faire d'un homme, c'est d'annoncer
que l'exposé de sa conduite lui tient lieu d'éloges.

(5) Page 3. *Son dévoûment à se charger d'un soin auquel
il ne devait pas être appelé.* On sait que d'après un usage
constant et général, c'est aux secrétaires des Sociétés litté-
raires que sont confiés les éloges de leurs confrères. L'auteur
avait, à la vérité, rempli ces fonctions à l'Académie de
Grenoble pendant plus de huit années, mais il avait été
remplacé une vingtaine de jours avant le décès de Mounier.
Son successeur, qui n'est établi à Grenoble que depuis peu
de tems, le pria de les continuer dans cette occasion, et
l'Académie l'en chargea ensuite. *Voyez la note* 63.

(6) Page 4. *La devise de Tacite.* Mihi Galba, Otho,
Vitellius, nec beneficio, nec injuriâ cogniti. *Tacite, hist.,
liv.* 1.er Il semble que nos contemporains devraient se borner
à préparer à leurs descendans les matériaux qui leur servi-
ront de base. Réduits à ce soin, ils n'auraient pas à se
plaindre d'un partage qui leur assurerait au moins le mérite
de l'utilité. Et, certes, les faits présentés dans la plupart
des soi-disant histoires de la révolution, ont été assez dé-
naturés pour que ce mérite puisse encore satisfaire l'amour-
propre. Ceux qui intéressent les habitans de l'Isère, et
dont notre éloge retrace quelques-uns, ont été sur-tout, ou
ignorés, ou méconnus, quoique l'on convînt généralement
qu'ils avaient eu une grande influence sur ce qui s'est passé
dans les autres provinces.

(7) Page 4. *Mounier naquit à Grenoble le* 12 *novembre*
1758. De François Mounier, négociant, et de Marie Priez.
Madame Mounier est morte en 1796 : M. Mounier père
existe encore. Il est né à Lalley, village situé à l'extrémité
méridionale du département de l'Isère. Il s'établit à Grenoble, dans sa jeunesse. Il y a constamment fait le com-

merce, d'abord avec un de ses frères, mort vers 1790, et ensuite avec ses deux fils cadets. *Voyez la note* 68. M. Mounier aïeul, était un propriétaire, jouissant d'une honnête aisance.

(8) Page 4. *De toutes les familles nombreuses et peu opulentes.* M. Mounier père avait alors sept enfans ; il en existe encore cinq. La fortune de la famille Mounier s'est accrué dans la suite. On la place depuis long-tems au rang des premières maisons de commerce de notre province. *Voyez la note* 68.

(9) Page 5. *D'abord sous un maître particulier.* Ce fut M. Priez, son oncle maternel, curé de Rives, à quatre lieues de Grenoble, qui lui enseigna les premiers principes de la langue latine.

(10) Page 5. *Et ensuite au collège de son pays.* Le collège Royal-Dauphin de Grenoble, confié, après la destruction des Jésuites, à une association libre d'ecclésiastiques, Mounier y commença ses études, par la quatrième classe, en 1770. Il en sortit, vers 1774, à la suite d'une difficulté qu'il eut avec son professeur. Ennuyé de la métaphysique ridicule qu'on enseignait alors, Mounier s'était avisé d'écrire à la tête de ses cahiers, *nugæ sublimes*. Ce mot avait un sens trop profond et trop vrai pour ne pas lui attirer des reproches. Il retourna cependant au collège, en 1775, pour faire sa physique. *Voyez la note* 12.

(11) Page 5. *Il n'y obtint quelques succès, etc.* Soit dégoût pour la langue latine, soit que la nature fût lente à développer ses dispositions, Mounier ne commença à obtenir quelques succès qu'en réthorique. Il s'y distingua dans ce qu'on nommait *les amplifications.* Il essaya aussi de faire des vers, mais il reconnut bientôt qu'il avait peu de dispositions pour la poésie.

(12) Page 5. *Il n'annonça point dans sa jeunesse ce qu'il devait être un jour.* On aurait pu cependant le préjuger jus-

ques à un certain point, d'après un goût très-vif pour la lecture, et d'après sa vie retirée, pendant son cours de latinité.
Absorbé par l'étude et presqu'entièrement étranger aux jeux
et aux amusemens de ses condisciples, ils l'appelaient un
*Caton* et un *pédant*, mots qui sont à-peu-près synonimes
dans le langage de la jeunesse oisive et dissipée.

Fort, heureusement, un Grenoblois, connu par le succès
avec lequel il cultive diverses parties importantes des sciences, non moins que par le zèle avec lequel il favorise les
progrès de toutes, M. le docteur G., découvrit ce qu'on
n'avait pas même soupçonné. Déjà il avait été fort utile à
l'instruction de Mounier, encore adolescent, en lui ou-
vrant sa bibliothèque, et lui servant de guide ou de conseil
dans ses lectures. Il le servit encore mieux lorsqu'il s'agit
de faire le choix si difficile d'une profession. Mounier avait
essayé du commerce pendant quelques mois ( lorsqu'il avait
abandonné la classe de logique ), et il s'en était dégoûté.
Un ami de sa famille insistait en faveur de cette profession.
M. G., au contraire, qui avait apprécié Mounier, se-
conda son goût pour le barreau, et détermina ses parens à
lui en laisser suivre la carrière, et à lui en faciliter l'accès
par tous les moyens qui étaient en leur pouvoir.

(13) Page 5. *Il n'eut point de maîtres pour l'étude du droit
civil.* On sait combien la distribution des établissemens
publics était vicieuse avant la belle opération de la division
de la France en départemens. Les deux universités du res-
sort du parlement de Grenoble, au lieu d'être placées sous
les yeux de leurs surveillans naturels, les magistrats,
avaient été fixées dans des villes éloignées, à Valence et
Orange : et quoique, sur-tout dans la première, il y eût
des professeurs d'un très-grand mérite, leur éloignement
des tribunaux supérieurs détournait d'y étudier. L'enseigne-
ment était confié de fait à des professeurs particuliers de
Grenoble : ou bien, les jeunes gens qui se sentaient des
dispositions et du courage se servaient eux-mêmes de pro-

fesseurs, en travaillant chez des avocats instruits, dont la bibliothèque, les recueils manuscrits et les conseils étaient leurs seuls guides. Mounier prit ce dernier parti. M. Mallein, aujourd'hui procureur-général à la Cour de justice crimi-nelle, et M. Anglès, depuis conseiller au parlement, le reçurent successivement chez eux pendant trois années. L'institutaire qu'il s'attacha à étudier fut Boutaric, auquel le même M. Anglès, M. de Beaumont, un des plus savans magistrats du parlement, et M. Léon, avocat, ont joint des notes manuscrites dont on trouve des copies dans pres-que toutes nos bibliothèques. Ces notes furent très-utiles à Mounier... Telles furent ses ressources pour les principes du droit. Quant à la procédure, il en apprit les règles et les élémens dans des entretiens avec un de ses amis, qui occupe aujourd'hui, avec distinction, une place au Tri-bunal civil.

C'est vers cette époque que le goût de Mounier pour la politique, se développa, ainsi que nous le dirons dans la suite. Quelque aride que fût le droit civil en comparaison de cette science, la nécessité l'engagea à s'y livrer avec application. Bientôt M. Mallein lui confia les extraits de ses procès, et eut lieu d'être satisfait de l'intelligence et de la rapidité qu'il mettait dans leur composition.

Vers la même époque, Mounier forma, avec quelques amis, une espèce d'académie, où l'on s'occupait de littéra-ture et de discussions polémiques ou scientifiques.

Je dois m'arrêter un moment. Ces détails paraîtront sans doute minutieux à quelques personnes. Mais on aime à connaître les circonstances les plus ignorées de la vie des grands hommes. En examinant ce qu'ils furent et ce qu'ils firent, on se sent encouragé lorsqu'on se trouve dans une position semblable, et il ne faut quelquefois qu'une étincelle pour embraser et faire briller aux yeux du monde étonné, un génie, la où l'on n'appercevait qu'un homme ordinaire.

(14) Page 5. *Il put se livrer à la pratique du barreau et exercer tout à la fois la charge de juge royal de Grenoble.*

Cette place ne s'exerçait que toutes les années paires ; un juge épiscopal siégeait lors des années impaires. Mounier était sans doute plus libre de travailler comme avocat pendant ces dernières années ; mais il ne négligeait pas cette profession , même pendant les premières.

(15) Page 6. *Il remplissait avec intégrité et sagacité ses fonctions.* C'est une opinion assez répandue qu'on n'appela que d'un seul de ses jugemens ( contradictoires ) ; encore avait-il été trompé dans cette occasion par un excès de confiance. Dès qu'il eut reconnu qu'on avait abusé de sa bonne foi , il fit ses efforts pour arranger à l'amiable le différent, et il y réussit.

(16) Page 6. *S'étant réduit aux travaux du cabinet.* Ce qui le dégoûta sur-tout de la plaidoierie , c'est qu'il avait un organe peu étendu. Il abandonna l'audience après avoir plaidé deux ou trois fois. Il prononça néanmoins , quelques tems après sa réception , un discours de clôture qui lui fit honneur... Cet ouvrage ne s'est point trouvé dans ses papiers.

(17) Page 6. *Il n'avait à traiter que des causes ingrates et arides.* Il faut en excepter une grande question de droit public et civil , qu'il fut chargé de traiter pour un négociant de Grenoble , originaire de Savoie. Il publia à ce sujet un mémoire d'environ deux cents pages *in-quarto* , plein de recherches et de discussions savantes. Il fit même un voyage à Turin pour suivre cette affaire , qui était soumise au Sénat de Piémont. Il réussit encore , mais il s'acquit plus de réputation dans les états du roi de Sardaigne , que dans sa patrie.

(18) Page 6. *Enregistrés ..... le 10 mai.* Dans les autres villes de parlement, le 8 mai.

(19) Page 8. *La lecture des journaux.* Il y suivait avec beaucoup d'attention et d'intérêt le récit, soit des troubles de l'Amérique, soit de ceux de l'Irlande.

152

(20) Page 9. *Il commença à apprendre, la langue anglaise.* Il connaissait parfaitement cette langue , et il étudia en-suite avec le même succès , la langue allemande.

(21) Page 9. *Il médita les principaux ouvrages.* Il avait lu presque tous les ouvrages un peu remarquables de droit public.

(22) Page 9. *Les recherches de Crevecœur , dont il fit une traduction... Il avait recueilli une quantité prodigieuse de notes.* Ni cette traduction , ni ces notes ne se sont trouvées. *Voyez ci-après , note 47.*

(23) Page 10. *Mounier parut avec éclat dans les assemblées.* Il tenait aussi chez lui des comités composés de sept ou huit des membres les plus zélés des grandes réunions. On s'y occupait continuellement des lois constitutionnelles à faire ou modifier.

(24) Page 10. *Il devint le mobile principal.* Il était aussi consulté par la plupart des auteurs des nombreux pamphlets qu'on publiait contre le système du ministère. On dit que Barnave lui avait soumis l'*Esprit des Edits* , et que Mou-nier lui indiqua l'ordre dans lequel il convenait d'en distri-buer les matières.

(25) Page 11. *Le proposa pour secrétaire des états.* Le 27 septembre 1788.

(26) Page 12. *Mounier fut nommé à l'unanimité , etc.* Le 2 janvier 1789. Jamais élection ne fut accompagnée de circons-tances plus honorables. Dès le 1.er janvier , avant qu'on pas-sât au scrutin , un des membres de l'assemblée proposa d'élire Mounier par acclamation ; il motiva sa proposition sur les talens, les services, le zèle , l'exactitude , la probité , etc. du candidat. Son discours plein d'énergie fut interrompu presque à chaque phrase par des applaudissemens redoublés ; et enfin des acclamations universelles approuvèrent la motion.

Pendant cette scène touchante, Mounier avait le cœur serré d'attendrissement. Il tenait sa tête dans ses mains, et essuyait ses larmes. Recouvrant enfin son sang-froid, il s'opposa avec force à la délibération, et demanda qu'elle fût rapportée. Le règlement, observa-t-il, exigeait qu'on votât au scrutin : fallait-il que la première assemblée formée par les suffrages libres du peuple, celle qui la première nommait des députés aux Etats généraux, donnât l'exemple d'une violation des règles ! Et qu'elle le donnât en faveur de celui à qui l'on fesait honneur d'avoir rédigé une partie de ces règles ! etc. L'assemblée consentit alors à passer au scrutin. Le dépouillement qui eut lieu le lendemain, offrit le résultat que nous avons indiqué.

La modestie de Mounier se montra ensuite dans la rédaction du procès-verbal de ces séances. Il pouvait, sans courir le risque d'être taxé de vanité, y énoncer l'élection par acclamation, et le nombre de suffrages qu'il avait obtenus au scrutin. Il n'y fit mention d'aucune de ces circonstances. Loin de là, son nom s'y trouve placé après ceux de l'archevêque de Vienne et de trois gentilshommes qui furent élus le même jour, mais à la simple majorité, de sorte que ceux qui ignorent ces faits, tous très-exacts, seraient, à la lecture du procès-verbal, portés à croire qu'il ne fut élu que le cinquième, et par une majorité peu considérable. --- Au reste, la circonstance si honorable de l'élection de Mounier à l'unanimité, fut énoncée dans un mémoire que publièrent et signèrent, quelques mois après, tous les députés du Dauphiné, en réponse à celui que plusieurs ecclésiastiques et gentilshommes avaient présenté aux Etats généraux, contre l'élection faite par la province.

(27) Page 12. *Combien Mounier était estimé et chéri.* Je ne connais en effet qu'un autre exemple de cette même unanimité. S. A. S. Monseigneur le Prince Archi-chancelier de l'Empire le fournit le 14 germinal an 3, lors de l'élection du comité chargé de rédiger la constitution de cette année,

(28) Page 12. *Les procès-verbaux de quatre grandes assemblées.* Il en est qui ont jusques à deux cents pages *in-quarto.*

(29) Page 12. *Pour les trois ordres du Dauphiné.* Du moins pour ceux des membres des trois ordres qui se trouvaient réunis à Grenoble, car il n'y eut d'assemblées générales que celles de Vizille, de Saint-Robert et de Romans.

(30) Page 13. *Deux lettres où il discutait, etc.* La première de ces lettres, rédigée au nom de plusieurs membres des trois ordres du Dauphiné, fut adressée le 24 octobre 1788, aux syndics généraux des Etats du Béarn. Mounier y prouve que plusieurs *pays d'états* avaient été représentés aux anciens Etats généraux; que leurs députés n'y avaient pas voté séparément; qu'il est de l'intérêt des provinces où les Etats particuliers ont été maintenus, telles que celles de Béarn et de Dauphiné, d'abandonner les privilèges qui pourraient nuire au bien général, notamment celui d'accorder des subsides....

La seconde lettre fut rédigée pour les négocians de Grenoble et adressée à la fin du mois de novembre suivant, aux juges consuls de Montauban, de Clermont-Ferrand, Châlons, Orléans, Tours, Besançon, Dunkerque et Saint-Quentin; et aux chambres de commerce de Picardie, de Saint-Malo et de Lille. Mounier y établit que le commerce ne devait pas avoir une représentation particulière aux Etats généraux.

(31) Page 13. *Il fit un voyage, publia une réponse aux protestations.* Ce sont des observations approuvées par la Commission des Etats de Dauphiné, le 25 mars 1789, ( in-8° de 17 pages ).

(32) Page 14. *Un second ouvrage où il traita du gouvernement, etc.* Cet ouvrage est intitulé CONSIDÉRATIONS sur les gouvernemens et principalement sur celui qui convient à la France; Grenoble, Cuchet, in-8.° de 64 pages.

(33) Page 14. *Divers rapports ou discours à l'assemblée cons-*

*tituante.* 1. Séance du 9 juillet 1789. Rapport du comité de constitution, où l'on expose les principes et l'ordre de son travail, in-8.° de 16 pages.

2. Séance du 13 juillet. Motion sur le rappel de M. Necker et des autres ministres renvoyés par le roi, in-8.° de 4 pages.

3. Séance du 27 juillet. Projet de déclaration des droits et des premiers articles de la constitution, 12 pages.

4. Séance du 31 août. Rapport et projet sur les principes du gouvernement français et l'organisation du corps législatif. 24 pages.

5. Séance du 4 septembre. Motifs du comité de constitution sur le plan précédent, et principalement sur la nécessité de la sanction royale, 32 pages.

Tous ces ouvrages ont été imprimés chez Baudoin.

(34) Page 14. *Il donna sa démission de membre du comité.* Tous les membres du comité de constitution donnèrent leur démission le 12 septembre 1789. La veille, l'assemblée avait adopté le système du refus suspensif de sanction, au lieu du refus absolu qu'ils avaient proposé d'accorder au roi.

(35) Page 15. *Déjà il avait été chargé de plusieurs postes honorables.* Le 19 mai 1789, il avait été nommé par les Communes, à l'appel nominal, le 3e des commissaires chargés de conférer avec les deux premiers ordres sur le mode de vérification des pouvoirs... Le 4 juillet, lors de la première organisation du bureau de l'assemblée nationale, il fut élu secrétaire. --- Le 6 du même mois, membre du comité central chargé de la direction des travaux de l'assemblée. --- Le 14, un des sept membres du premier comité de constitution.

(36) Page 15. *Peu de jours après on l'appela à la présidence.* Le 28 septembre 1789.

(37) Page 15. *Il préféra de revenir au milieu de ses concitoyens.* Il partit de Paris le 10 octobre, et arriva à Grenoble vers le milieu de ce mois.

*1 8 6*

(38) Page. 15. *Après avoir publié un exposé de sa conduite.* Cet ouvrage fut publié au commencement du mois de novembre 1789; Grenoble, Giroud, in-8.º de 124 pages.

Mounier donna ensuite ( le 15 novembre ) sa démission de la place de député à l'assemblée constituante. Mais quoique persuadé qu'il ne pouvait plus faire aucun bien en continuant à remplir ces fonctions, il ne s'en rapporta pas à ses propres lumières, lorsqu'il s'agit de les abdiquer. Il réunit une douzaine d'amis éclairés. Il leur exposa sa situation et celle de l'assemblée, et déclara qu'il s'en rapportait à leur décision. Un seul d'entr'eux fut d'avis qu'il ne donnât point sa démission.

Son retour imprévu à Grenoble et ensuite sa démission avaient prévenu contre lui beaucoup de ses compatriotes: mais ils avaient méconnu ses intentions. Jamais il n'eut le projet de rien tenter contre le gouvernement reçu dans son pays; et il frémissait d'indignation, quand on lui rapportait qu'on l'accusait de projets de ce genre... Un fait peu connu mais certain, prouvera combien ils étaient éloignés de sa pensée. Peu de tems après son retour, un seigneur attaché aux princes français, réfugiés à l'étranger, lui offrit, par lettre, au nom de ces princes, une place de ministre, s'il voulait aller les joindre et les seconder : Mounier rejeta avec horreur cette proposition.

(39) Page 17. *Il séjourna d'abord quelques années, etc.* Il s'arrêta à Genève, jusques en 1792, chez des parens de son épouse. Il resta à Berne jusques en 1794.

(40) Page 18. *Mounier se rendit à Londres.* En 1793.

(41) Page 18. *Il choisit un pays neutre pour sa résidence.* Il partit de Berne sur la fin de 1794. Il resta à Dresde cinq ou six mois, et enfin se rendit à Weimar, en 1795.

(42) Page 18. *Il monta une maison d'éducation au Belveder.* Aussitôt après son arrivée à Weimar. — Le Belveder est un château appartenant au duc de Weimar, qui en céda la jouissance à

Mounier. Il y avait 15 à 20 pensionnaires. Le prix de la pension avait été fixé à 3600 francs.

(43) Page 19. *Et même de princes souverains.* Le duc de Weimar y envoya son fils.

(44) Page 19. *Il enseignait en particulier.* Les talens de Mounier s'étaient singulièrement perfectionnés depuis sa retraite de l'assemblée constituante. Livré sans cesse à l'étude et à la méditation, il n'avait pas seulement acquis des connaissances plus vastes, mais il s'était encore formé dans l'art oratoire, et dans celui de développer ses idées ; aussi professait-il avec beaucoup d'aisance et de clarté.

(45) Page 19. *Mounier y trouvait des ressources.* Il gagna environ vingt mille francs dans cet établissement.

(46) Page 23. *Mounier est resté trop peu de tems Conseiller d'état.* Il était de la section de l'intérieur.

(47) Page 25. *N'ayant pu me procurer tous les ouvrages de Mounier.* Sous le régime de Robespierre, un des parens de Mounier, frappé de crainte, anéantit les ouvrages tant imprimés que manuscrits qu'il avait laissés à sa famille.

Aux ouvrages que nous avons cités dans le texte pag. 9, 12, 13, 14, 15, 26 et 27, et dans les notes 17, 22, 28, 30, 31, 32, 33 et 38, pag. 55, 56, 58 et 60, on peut ajouter ceux-ci :

1. Lettre écrite au roi le 8 novembre 1788, par les trois ordres du Dauphiné, pour demander la double représentation du tiers-état, et la délibération en commun et par tête. Elle est imprimée dans le procès-verbal de la 2.e assemblée de Romans, in-8.° de 12 pages.

2. Réponse des députés du Dauphiné aux Etats généraux, à un mémoire présenté par plusieurs ecclésiastiques et gentilshommes contre la constitution des états de cette province et l'élection de ses députés, in-8° de 48 pages, publié à Paris, au mois de mai 1789.

3. Appel au tribunal de l'opinion publique, du rapport fait sur les journées des cinq et six octobre 1789, Londres, 1791, in-8.° de 350 pages.

4. Recherches sur les causes qui ont empêché les français de devenir libres, et sur les moyens qui leur restent pour acquérir la liberté, 2 vol. in-8.°, Genève, 1792.

5. Adolphe, ou résultats d'une fâcheuse expérience, petit in-12, publié vers 1795.

6. De l'influence attribuée aux philosophes, aux francs-maçons et aux illuminés, sur la révolution de France, in-8.° de 250 pages, Tubingen, 1801.

(48) Page 28. *Dès son enfance il avait pris un caractère fort réfléchi.* Son caractère devint plus ouvert au milieu de l'adolescence, mais il reprit bientôt l'habitude de la méditation.

Dans un mémoire fort intéressant, lu cette année à l'Institut, M. Dupont de Nemours cite une anecdote que nous rapporterons ici, parce qu'elle sert à peindre le caractère observateur de Mounier.

« Le Conseiller d'état Mounier, dont nous pleurons la perte, avait, lorsqu'il était Préfet d'Ile et Vilaine, apprivoisé une louve. On lui donnait largement à manger toutes les deux heures ; elle était devenue obéissante et caressante comme un chien ». — *Voyez la Revue du 1.er septembre* 1806.

(49) Page 32. *Des pensions et des emplois acquittent la dette de l'état.* L'Empereur a fait une pension à chacun des trois enfans de Mounier, et il a nommé M. Mounier fils, auditeur au Conseil d'état.

(50) Page 35. *Il conserva plusieurs amis recommandables par leurs vertus ou leurs lumières.* Il serait facile d'en citer, de l'un et de l'autre sexe, dont les noms seuls commandent le respect et excitent l'admiration.

(51) Page 38. *Que les anciens appelaient du beau nom de piété.* Le mot *piété* avait un sens beaucoup plus étendu chez les anciens que chez les modernes. D'après un grand nombre

lois romaines , Brisson dit que la piété exprime l'obéissance ;
le respect ; l'honneur et l'amour dûs par les enfans à leurs
ascendans ; l'affection naturelle des ascendans envers leurs
descendans ; l'amitié entre les frères ; l'attachement pour
nos proches ; enfin , tout devoir d'humanité. Voyez son
traité *de verborum quæ ad jus pertinent significatione*.

(52) Page 40. *Il prodigua à ses enfans.* Il en a laissé trois;
un fils et deux filles , nommés Edouard, Victorine et
Philippine.

(53) Page 40. *Cet ami avait une sœur* Mademoiselle Philippine Borel , fille de M. Borel , homme de loi à Grenoble.

(54) Page 40. *Elle ne s'énorgueillissait point de ces avantages.*
Elle avait au contraire un goût prononcé pour la retraite.

(55) Page 41. *Une maladie cruelle l'enleva à Weymar.* Elle
mourut d'une inflammation de poitrine , en 1795.

(56) Page 42. *Par une sobriété digne d'un stoïcien.* Il semble ,
par quelques anecdotes , qu'il ait eu du penchant pour les
maximes de la secte célèbre des Stoïciens.

(57) Page 43. *Il eut une maladie grave.* Un rhume cathar-
reux très-violent.

(58) Page 43. *Il revoyait ses ouvrages sur l'éducation.* Les
cours de logique , de métaphysique , morale et droit public
qu'il avait professés au Belveder. Il y attachait beaucoup de
prix : il avait même invité un de ses amis à l'aider dans cette
revision. Espérons que le public ne sera pas privé de ces
ouvrages.

(59) Page 43. *La plus grande partie de son tems , etc.* Il n'avait
guères que deux distractions , d'un genre , à la vérité , bien
différent. Le jour , il s'occupait avec ardeur de l'étude de
l'idéologie ; le soir , il fréquentait les spectacles les plus gais,
et sur-tout celui de Picard. L'étude de l'idéologie n'était

guères propre à dissiper sa mélancolie , et ses parens lui en
faisaient souvent le reproche ; mais il y trouvait un tel attrait
qu'il soutenait que c'était pour lui un délassement.

A l'époque de sa jeunesse où il était devenu un peu moins
réservé ( V. note 48 ), il avait aussi pris du goût pour la
musique , et il était parvenu à jouer assez bien de la basse ,
mais plutôt par pratique que par théorie. Les affaires publiques le détournèrent de cette distraction agréable , et il y
renonça vers 1788.

(60) Page 44. *L'attachement le plus inviolable pour son Souverain.* Cet attachement était sincère , et n'avait pas pour
unique motif la reconnaissance des bienfaits de l'EMPEREUR
envers lui. Dans ses communications les plus intimes avec
ses parens et ses amis les plus dévoués , il parlait avec enthousiasme des talens, du génie et des exploits de NAPOLÉON ,
et des services inappréciables qu'il avoit rendus à la France.

(61) Page 46. *Sa perte dut être vivement sentie.* Les honneurs
funèbres lui furent rendus le 28 janvier matin , par les membres du Conseil d'état. Le président de la section à laquelle
il était attaché ( M. Regnaud de St.-Jean-d'Angeli ) , prononça le discours suivant , devant le cercueil et en présence
d'un grand nombre de sénateurs , législateurs et tribuns.

MESSIEURS,

« L'EMPEREUR a perdu un serviteur fidèle ; la patrie , un
citoyen vertueux ; le Conseil d'état, un magistrat intègre ;
notre commune douleur , les pleurs de l'amitié , les regrets
unanimes qui honorent sa mémoire sont l'éloge le plus touchant et le plus vrai du collègue auquel nous rendons les
derniers devoirs.

» Son souvenir sera honorablement conservé dans le cœur
des hommes qui le connurent ; et au milieu des faits mémo-
rables dont la postérité demandera compte à l'histoire, la
justice et la vérité garderont peut-être une place au courage
qu'il

qu'il montra dans sa patrie, à la vertu qu'il développa dans une terre étrangère.

» L'estime seule de ses concitoyens eut suffi pour l'appeler à l'Assemblée constituante, l'enthousiasme l'y porta; la chimère des plus heureuses espérances l'y suivit; il les perdit avec douleur; et quand il les crut perdues, il aima mieux renoncer à ses fonctions qu'à ses principes. Sa fermeté lui attira des persécutions, les persécutions décidèrent son exil.

» Mais loin de la France, il garda constamment un cœur français; il resta pauvre et incorruptible; il souffrit le malheur et repoussa la séduction. Il se voua à l'éducation d'un petit nombre d'élèves choisis; il déposa dans leurs jeunes ames la tradition de son amour de l'ordre, de son respect pour les lois, de son attachement à la vertu.

» C'est dans ces honorables occupations qu'il attendit et vit arriver le terme des maux de la France.

» Peu après le 18 brumaire, il revint avec d'honorables exilés, bénir, admirer, servir le héros qui lui rendit sa patrie.

» Préfet dans un des départemens de l'Ouest, il obtint la confiance, ramena la paix, fit régner la justice, et mérita avec le titre de Conseiller d'état, l'avantage de servir plus utilement l'EMPEREUR et son pays.

» Hélas! il n'a fait que passer au milieu de nous; mais dans le trop court exercice de ses fonctions, nous avons pu apprécier l'étendue de notre perte.

» Il réunissait aux lumières de l'expérience la droiture du jugement; à l'étude des lois, la connaissance des hommes. Mais il avait sur-tout cet amour du bien, cette soif de la justice, ce besoin de l'ordre, cette ardeur pour la vérité, cet enthousiasme de la vraie gloire, qui constituent le caractère du magistrat.

» Il s'affligeait de ne pouvoir, à son gré, en remplir tous les devoirs. Il désirait le retour de sa santé, altérée par de longs malheurs, pour s'acquitter envers l'EMPEREUR, et faire parler son admiration par son dévouement, sa reconnaissance par ses services.                    E

152

» Vain espoir ! les yeux de notre infortuné collègue se
ront fermés sans revoir le vainqueur d'Austerlitz , le
pacificateur de l'Europe ; mais ses derniers sentimens , ses
derniers vœux , eussent été tout entiers pour l'EMPEREUR
et pour sa patrie , sans sa tendre sollicitude pour les enfans
qu'il laisse après lui, et qui n'ont pour héritage que l'exemple de sa probité et de ses vertus.

» L'ordre civil, Messieurs, a aussi ses orphelins ; mais ,
comme les enfans des braves, ils sont sûrs de n'être pas
délaissés par celui qu'ont honorablement servi leurs pères ;
cette confiance a consolé les derniers momens de notre vertueux collègue , qui s'est endormi au milieu de sa famille ,
et de ses amis éplorés. Puissions-nous , après une fin aussi
douce , laisser une mémoire aussi honorée » !

(62) Page 46. *La Société de Grenoble qui l'avait agrégé
parmi ses membres.* Le 2 pluviôse an 11.

(63) Page 46. *La Société de Grenoble ..... s'empressa d'arrêter , etc.* Voici le texte de cet arrêté , qui a été pris dans
la séance du 4 mars 1806.

Au nom du bureau et du comité réunis, M. Gagnon a communiqué à la société les dispositions de leur arrêté du 28
février dernier , relatif aux honneurs à rendre à la mémoire
de M. Mounier , conseiller d'état , membre correspondant
de la société , et a proposé l'adoption de cet arrêté.

Après une assez longue discussion dans laquelle plusieurs
membres se sont empressés de jetter quelques fleurs sur la
tombe d'un collègue si vivement regretté , la société consi-
dérant que l'arrêté pris par le comité et le bureau réunis ,
le 28 février dernier , répond au desir qu'elle a de manifester
d'une manière authentique et solennelle les regrets qu'elle
donne à la perte d'un magistrat célèbre , et d'un de ses
membres les plus distingués , approuve cet arrêté dont les
dispositions seront transcrites ci-après :

1.° Il sera tenu une séance publique et solennelle entièrement consacrée à l'éloge historique de M. Mounier ;

2.º Il sera fait une invitation officielle à M. Mounier père, et à ses parens et alliés d'y assister et d'y occuper les places d'honneur qui leur seront destinées ;

3.º Le matin du jour où la séance publique devra avoir lieu, il sera fait un service pour M. le conseiller d'état Mounier, dans l'église de St-André de Grenoble; les membres de la société seront invités à assister au service ordonné;

4.º M. Berriat (Saint-Prix), vice-président de la société, est chargé de prononcer l'éloge historique ;

5.º Le portrait de M. le conseiller d'état Mounier sera compris dans le nombre de ceux des grands hommes de la province que la société a arrêté de faire peindre. L'exécution de cet article est expressément recommandée au zèle du comité.

(64) Page 46. *Que des honneurs funèbres lui seraient rendus et que son éloge serait prononcé dans une séance publique.* Voici ce que les annales de l'Isère, du 6 juin 1806, rapportent de ces cérémonies.

En exécution de sa délibération du 4 mars dernier, la société des sciences et des arts a fait célébrer, le 20 mai, un service en l'honneur de M. le conseiller d'état Mounier, natif de Grenoble, et l'un de ses membres correspondans. Elle s'est réunie le matin dans le lieu ordinaire de ses séances, à la mairie, d'où elle s'est rendue en corps dans l'église de Saint-André, qui avait été disposée pour cette cérémonie. Les parens et alliés de M. Mounier y avaient été invités; et, accompagnés de deux commissaires de la société, ils y ont occupé les places qui leur avaient été destinées.

Le soir du même jour, la société a tenu une séance publique consacrée à l'éloge historique de M. Mounier. Sa famille y avait été réunie et placée en face du bureau.

Le portrait de M. le conseiller d'état Mounier qui, par arrêté de la société, est compris dans le nombre de ceux des grands hommes de ce département qu'elle doit faire peindre (\*) ; avait été posé sur une colonne tronquée , entourée d'une guirlande de chêne.

La séance a été ouverte par un discours de M. Fourier, préfet , président , où étaient développés les motifs de cette cérémonie.

Le secrétaire , M. Champollion-Figeac , a fait lecture des arrêtés de la société relatifs à cette séance publique.

M. Berriat ( Saint-Prix ) , professeur à l'école de droit, vice-président , a prononcé l'éloge historique de M. Mounier.

La vive émotion de l'auditoire a prouvé que la société était , dans cette circonstance , l'interprète des citoyens de la ville de Grenoble et de tout le département en général , qui déplorent, avec elle , une perte bien sentie.

La séance a été terminée par un quatrain proposé par M. Mauclerc. ( Ce quatrain est à la note 3 , pag. 5o ).

(65) Page 46. *Quelques circonstances ont retardé l'accomplissement de ce soin.* On attendait , entr'autres, l'arrivée d'un frère et d'un beau-frère de Mounier, qui s'occupaient à Paris de l'arrangement de ses affaires.

(66) Page 46. *D'être devancés par la société de Rennes.* L'éloge de Mounier a été prononcé , le 15 mars , dans une séance publique de la société de Rennes , dont il avait été président , par M. Routhier , secrétaire général de la préfecture. Il a été imprimé ( in-4.º de 8 pages) , et il nous a été utile pour quelques faits relatifs à l'administration de Mounier , dans le département de l'île et Vilaine.

(67) Page 46. *Dire qu'ils furent les témoins de presque tous les faits.* Personne n'a révoqué en doute un seul des faits exposés dans cet ouvrage , quoiqu'il ait été lu d'abord dans

---

(\*) Les portraits au milieu desquels celui de Mounier se trouvait placé , sont ceux de Mably , de Condillac , de Vaucanson et du président de Valbonnais... On va y joindre incessamment ceux du chevalier Bayard , du lieutenant-général Bourcet , du président Expilly , du Genril-Bernard, et de Dolomieu.

une séance particulière de l'académie de Grenoble ( le 29 avril 1806) où tous les membres furent invités à faire part de leurs remarques ; et qu'il ait été communiqué dans la suite , à plusieurs des parens et des amis de Mounier.

(68) Page 47. *Vous avez continué à remplir avec probité et vigilance la profession modeste mais honorable.* Dans des états tels que l'Angleterre, où , à l'exception des pairs et de leurs fils aînés , les personnes les plus distinguées par leur naissance peuvent exercer le commerce sans s'exposer à perdre aucune prérogative, aucun avantage, cette conduite n'aurait rien d'extraordinaire ; mais on sait que l'opinion était jadis bien différente dans notre patrie. Dans les villes sur-tout où la robe dominait , le commerce ( si ce n'est le commerce en gros ) ne jouissait pas d'une grande considération. Et cependant , depuis l'adoption du système d'économie politique moderne , quelle profession peut , après l'agriculture , être plus utile au corps social ! Bien plus, que serait l'agriculture sans le commerce ! N'est-ce pas par le desir de se procurer les objets d'agrément , ou de commodité , ou de luxe offerts par les manufactures et le commerce, que l'agriculteur est excité à produire et à améliorer ! Et n'est-ce pas encore le commerce qui lui facilite les moyens d'améliorer, en procurant des débouchés à ses productions !... Ainsi , après les fonctions publiques , on eût dû placer au premier rang les professions de l'agriculteur et du négociant. On revient à cette idée depuis la révolution ; mais il faut beaucoup de tems pour effacer tout à fait des préjugés invétérés (*).

La conduite des négocians de Grenoble lors des honneurs funèbres rendus à Mounier, prouve tout à la fois, et la juste idée qu'ils ont de la noblesse de leur profession , et l'admi-

---

(*) Cette première partie de la note a été tirée d'un cours d'économie politique que l'auteur de cet ouvrage a professé gratuitement en l'an huit ( 1800 ) à l'école centrale de l'Isère , et dont le discours préliminaire a été inséré dans les mémoires d'économie publique de M. le sénateur Rœderer, tome 1, an 8, n.e 8.

/ 66

ration qu'ils avaient pour Mounier , et l'estime générale qu'on fait de sa famille. Le jour où le service a été célébré , tous ceux qui habitent la Grand'rue ( c'est la rue principale du commerce ) ont spontanément fermé leurs magasins. On ne saurait, dit-on avec raison dans les annales de l'Isère ( du 6 juin ), on ne saurait donner un témoignage plus libre et plus sincère de la part qu'on prend aux regrets d'une famille recommandable.

(69) Page 48. *Elle vit dans le rejeton intéressant.* M. Mounier ( Edouard ) fils , quoiqu'à peine âgé de 21 ans , a déjà fait preuve de grands talens et de rares connaissances. Il est très-instruit dans plusieurs sciences , sur-tout en botanique et en minéralogie. Il possède plusieurs langues , l'anglais , l'allemand , le grec et le latin. Il est versé dans l'administration publique , et il a été fort utile à son père ( sous qui il s'est formé ) pendant qu'il était préfet de l'Ile et Vilaine.

Mesdemoiselles Mounier ne font pas moins honneur à la mémoire de leur père par leurs talens et leur instruction , comme elles rappellent le souvenir de leur mère par leurs vertus et leurs attraits.

A GRENOBLE, de l'Imprimerie de J. ALLIER.
Novembre 1806.

168

169

170.

171

172

www.ingramcontent.com/pod-product-compliance
Lightning Source LLC
Chambersburg PA
CBHW070814260626
47161CB00006B/2272